MathStart®
RESTAR

El ascensor mágico

escrito por Stuart J. Murphy ★ ilustrado por G. Brian Karas

HARPER
An Imprint of HarperCollinsPublishers

NIVEL
2

Para C.L.T., quien me ayudó a desarrollar
mi mágico profesión
—S.J.M.

Para Ben, quien ve las cosas de un modo diferente
—G.B.K.

MathStart® is a registered trademark of HarperCollins Publishers Inc.

For more information about the MathStart series, please write to
HarperCollins Children's Books, 195 Broadway, New York, NY 10007,
or visit our website at www.harpercollinschildrens.com.

Bugs incorporated in the MathStart series design were painted by Jon Buller.

El ascensor mágico
Text copyright © 1997 by Stuart J. Murphy
Spanish text copyright © 2008 by Pearson Education, Inc.
Illustrations copyright © 1997 by G. Brian Karas

ISBN 978-0-06-298330-5
20 21 22 23 24   SCP   10 9 8 7 6 5 4 3 2 1
❖
Originally published as El ascensor maravilloso in 2008 by Pearson Education, Inc.

El ascensor mágico

Hola, Ben. Me alegra que subieras a buscarme.
Estoy lista para salir, pero debemos hacer
algunas paradas en el camino.

¿Está bien si yo oprimo los botones?

¡Claro! Primero tenemos que cobrar un cheque en el Banco La Granja. Está 2 pisos hacia abajo.

Mamá dijo 2 pisos hacia abajo. ¿Cuál tengo que tocar?

Estamos en el piso 10.

2 pisos hacia abajo

$$10 - 2 = 8$$

Banco La Granja

Creo que la mejor opción es el piso 8.

Ya casi llegamos.
Aquí nos bajamos.

Me parece oír gruñidos y bramidos y . . .

9

En este banco hay un caballo,
gallinas, y claro, un burro,
un cerdo y hasta una vaca.

Ahora tenemos que dejar este paquete en la
Mensajería La Veloz. Está 3 pisos hacia abajo.

¿Qué botón tengo que tocar para bajar sólo 3 pisos?

Estamos en el piso 8.

3 pisos hacia abajo

$8 - 3 = 5$

Mensajería La Veloz

La Mensajería La Veloz debe estar en el piso 5.

Por fin llegamos. Me pareció un poco lento.

Ahora oigo ruidos y chirridos y...

Pronto habrá una carrera
en este lugar tan grande y ruidoso.
Los carros y los camiones están listos para arrancar.

17

Hagamos una parada especial en Dulces Musicales.
Queda 1 piso hacia abajo.

Oprimiré el siguente botón para bajar 1 piso.

Estamos en el piso 5.

1 piso hacia abajo

$5 - 1 = 4$

Cuando lleguemos al piso 4 habrá muchos dulces.

Las puertas ya casi se abren... no puedes esperar a ver qué hay.

La tienda está llena de muchísimos sonidos.
Las luces brillan y giran.
Una banda toca únicamente para mí.

Toma un dulce. Ya estamos listos para partir.

Vamos a encontrarnos con papá, quien nos espera en el primer piso.

Estamos en el piso 4.
Papá está en el piso 1.
$4 - 1 = 3$ pisos
hacia abajo

Del piso 4 al piso 1 hay 3 pisos.

Ya casi llegamos. Después podremos irnos.

Ahora oigo bocinas y pitidos y...

Bip Bip Bip
Tu Tu Tu
Tu Tu
TAXI

CHAN

27

¡Estuvo genial!
¡No puedo esperar a contarle a papá!

28

29

Mi viaje en el ascensor fue mágico.

Si les interesa divertirse más con los conceptos matemáticos que se presentan en *El ascensor mágico*, aquí tienen algunas sugerencias.

- Lea el cuento junto con el/la niño(a) y pídale que describa qué sucede en cada ilustración. Pregunte: "¿A qué piso te gustaría ir? ¿Por qué?".

- Haga preguntas mientras que lean el cuento, como: "Qué piso queda 2 pisos hacia abajo del piso 10?" y "Si bajas 3 pisos desde el piso 8, ¿a qué piso llegas?".

- Observen las ilustraciones en las páginas en las que el niño oprime los botones del ascensor. En cada página, elijan una cantidad distinta de pisos para bajar. Luego, resten.

- Con un trozo de papel o cartón, construyan un tablero con botones de ascensor. Comiencen en la parte superior. Si quieren bajar 2 pisos, ¿qué botón deben tocar? ¿Y si quisieran bajar 5 pisos?

- La próxima vez que suban a un ascensor, practiquen con restas durante el recorrido.

- Observen objetos de la vida diaria y resuelvan los problemas de resta que encuentren. Por ejemplo: si compran 6 manzanas y comen 3, ¿cuántas manzanas quedan? Si tienen un libro con 10 calcomanías y le dan 2 a un/una amigo(a), ¿cuántas calcomanías quedan?

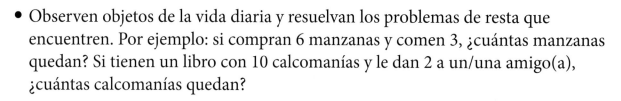

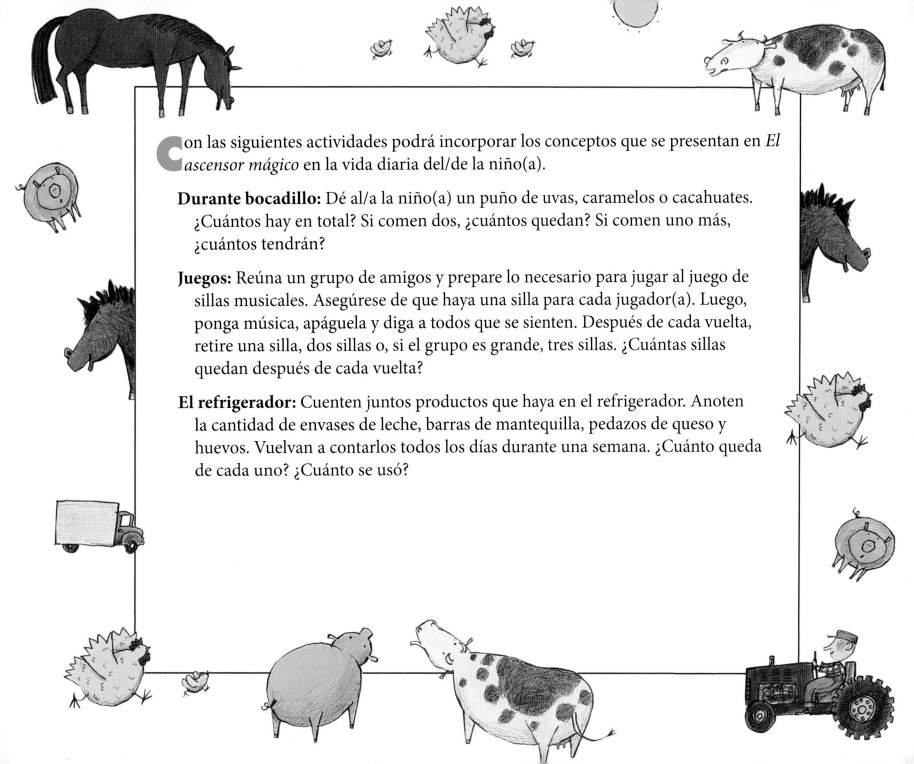

on las siguientes actividades podrá incorporar los conceptos que se presentan en *El ascensor mágico* en la vida diaria del/de la niño(a).

Durante bocadillo: Dé al/a la niño(a) un puño de uvas, caramelos o cacahuates. ¿Cuántos hay en total? Si comen dos, ¿cuántos quedan? Si comen uno más, ¿cuántos tendrán?

Juegos: Reúna un grupo de amigos y prepare lo necesario para jugar al juego de sillas musicales. Asegúrese de que haya una silla para cada jugador(a). Luego, ponga música, apáguela y diga a todos que se sienten. Después de cada vuelta, retire una silla, dos sillas o, si el grupo es grande, tres sillas. ¿Cuántas sillas quedan después de cada vuelta?

El refrigerador: Cuenten juntos productos que haya en el refrigerador. Anoten la cantidad de envases de leche, barras de mantequilla, pedazos de queso y huevos. Vuelvan a contarlos todos los días durante una semana. ¿Cuánto queda de cada uno? ¿Cuánto se usó?